por que você deixou o cavalo sozinho?

mahmud darwich

por que você deixou o cavalo sozinho?

tradução **Michel Sleiman**

Tabla

À memória dos ausentes

Husein, meu avô

Aminah, minha avó

Salim, meu pai

E à *huri* presente, minha mãe

Vir de longe meu fantasma vejo **11**

Ícones do cristal do lugar

Uma nuvem me fere **17**
Aldeões sem maldade **20**
A noite da coruja **23**
A eternidade do cacto **26**
Quantas vezes nossa coisa acaba? **28**
Até meu fim... até o fim dele **31**

O espaço de Abel

O alaúde de Ismael **35**
Passeio dos estrangeiros **39**
A tinta do corvo **42**
A andorinha dos tártaros **45**
O trem passou **48**

Caos à porta da Ressurreição

O poço **53**
Feito a letra *nun* na sura *Al-Rahman* **56**
Ensinamentos de uma *huri* **58**
Pentes de marfim **62**
Fases de Anate **65**
Fênix abatida **68**

Recinto para falar com o íntimo

Arranjos poéticos **73**
Das odes bizantinas de Abu Firas Al-Hamadani **76**
De um a outro céu irmão vão os sonhadores **78**

Disse o viajante ao viajante: Não voltaremos como... **81**
Uma rima para os Poemas Suspensos **84**
O pardal, como ele é, como ele é **87**

Chuva na torre da igreja

Helena, quanta chuva **91**
Noite que transborda do corpo **94**
Para a cigana um céu experiente **97**
Primeiros estudos numa guitarra espanhola **100**
Sete dias de amor **103**

Cortaram a cena...

Testemunho de Bertolt Brecht diante do tribunal militar **113**
Discordância, não linguística, com Imru Alqais **116**
Sequências de outro tempo **119**
Enquanto ele se afasta... **122**

Vir de longe meu fantasma vejo

Varanda de uma casa eu
vejo o que desejo:

vejo meus amigos — nas mãos
o correio noturno: vinho, pão,
histórias, discos;

vejo uma gaivota e caminhões do exército
mudarem as árvores deste lugar;

vejo um cachorro, o do vizinho
que há um ano e meio migrou do Canadá;

vejo o nome Almutanabi ir
de Tiberíades ao Egito montado
no cavalo da canção;

vejo a rosa-da-pérsia
trepar a cerca de ferro;

varanda de uma casa eu
vejo o que desejo.

Vejo árvores guardarem da noite a mesma noite
e guardarem o sono de quem me ama morto;

vejo o vento procurar em si mesmo
a pátria do vento;

vejo uma mulher tomar um banho
do sol de si mesma;

vejo os profetas antigos
subirem descalços a Jerusalém
e me pergunto: O novo tempo já tem
novo profeta?

Varanda de uma casa eu
vejo o que desejo:

vejo minha imagem fugir de si mesma e ir
à escadaria de pedra e com ela o xale de minha mãe
a tremular no vento: O que aconteceria se eu voltasse a ser criança?
Eu voltei para você, você voltou para mim;

vejo o tronco da oliveira que escondeu Zacarias,
vejo, no *Lisan alarab*, as palavras que foram extintas,
vejo os persas, os romanos, os sumérios,
os novos refugiados;

vejo um colar da moça pobre de Tagore
ser moído pelos carros do belo príncipe;

vejo a poupa cansada das censuras do rei;

vejo o que há além da natureza:

O que virá, o que virá depois das cinzas?

Meu corpo com medo
de longe vejo.

Varanda de uma casa eu
vejo o que desejo.

Vejo minha língua depois de dois dias.
Uma breve ausência,
e Ésquilo abre a porta para a paz.
Um breve discurso,
e Antônio incendeia a guerra.
A mão de uma mulher na minha,
e eu abraço a liberdade
e meu corpo reinicia
seu fluxo e refluxo.

Varanda de uma casa eu
vejo o que desejo:

vir de longe
meu fantasma
vejo.

Ícones do cristal do lugar

Uma nuvem me fere

Encilharam os cavalos,
não sabem por quê, mas encilharam
os cavalos no prado.

O lugar estava pronto para ele nascer: um morro coberto
com o manjericão dos avós, que dá para leste e oeste,
oliveiras nos livros bem alinhadas para elevar o nível da língua
e um lápis-lazúli esfumaçado a pautar a pergunta do dia
que diz respeito somente a Deus. Março é criança mimada,
carda algodão nas amendoeiras e prepara lento a malva
no átrio da igreja. Março é chão
para a noite da andorinha e para a mulher que arranca o grito
no deserto, e o grito chega até os carvalhos.

Agora nasce uma criança,
e seu grito,
nas fendas do lugar.

Nos degraus da casa nos separamos. Disseram: Seu grito
tem um cuidado que destoa da frugalidade das plantas,
seu grito tem chuva.

Fiz mal a meus irmãos quando eu disse ter visto anjos
brincando com lobos no pátio da casa?
Não lembro seus nomes nem como falavam, ou se voavam leves.

À noite meus amigos batem asas e se vão sem deixar rastros.
Digo a verdade à minha mãe? Que tenho outros irmãos
que me deixam uma lua na varanda
e tecem com sua agulha o manto das margaridas?

Encilharam os cavalos,
não sabem por quê, mas encilharam
os cavalos no fim da noite.

Sete espigas bastam para pôr a mesa de verão,
sete espigas tenho nas mãos e, em cada uma,
o campo faz crescer um campo de trigo.
Meu pai tirava a água do poço e dizia: Não seque,
e me pegava pela mão para eu ver
como eu crescia feito a beldroega.
Na beira do poço eu andava e dizia:
Tenho duas luas, uma no alto e outra
que nada na água, tenho duas luas.

Confiantes no acerto das leis, como os ancestrais,
forjaram arados com o ferro das espadas. Disseram:
A espada não repara o que o verão estraga.
Rezaram um bom tempo, entoaram louvores à natureza
e encilharam os cavalos
para dançarem na noite de prata
a dança dos cavalos.

Uma nuvem me fere na mão.
Da terra só quero esta terra:
o cheiro do cardamomo e da palha
entre meu pai e o cavalo.
Uma nuvem me feriu na mão,
mas do sol só quero uma laranja
e o ouro das palavras que escorrem
do chamado para a oração.

Encilharam os cavalos,
não sabem por quê, mas encilharam
os cavalos no fim da noite
e esperaram
um fantasma sair das fendas do lugar.

Aldeões sem maldade

Ainda não sabia dos costumes de minha mãe e de sua gente
quando os caminhões chegaram do mar. Conhecia
o cheiro de tabaco nas vestes de meu avô
e o cheiro eterno de café desde que nasci
como nascem os animais domésticos:
de um só tranco!

Nós também gritamos quando caímos na borda da terra.
Mas não guardamos nossas vozes
nas jarras antigas. Não penduramos cabras
na parede. Não invocamos o reino do pó.
Não sonhamos com a vinha dos outros.
Não quebramos as regras!

Meu nome não tinha plumas ainda, eu saltava mais longe então
nas tardes. O calor de abril, como as rebabes
dos visitantes passageiros, nos fazia voar como pombas.
Meu sino primordial é a atração de uma mulher que me instiga
a sentir o cheiro do leite em seus joelhos e assim não morder
o que está na mesa!

Também temos nosso segredo: quando o sol cai
dos álamos... se apossa de nós o desejo de chorar
a morte de alguém que morreu à toa,
e um desejo ardente nos leva à Babilônia ou a uma mesquita
em Damasco e então vertemos lágrimas
pelo arrulho das pombas na eterna história da dor!

Aldeões sem maldade, nossa fala não guarda
arrependimentos. Nossos nomes se parecem com nossos dias, mas
não nos representam totalmente. Cortamos a conversa dos hóspedes.
Temos algo a dizer sobre a terra à estrangeira
quando fia seu manto pluma por pluma
do céu de nossos pássaros em regresso!

O lugar não tinha prego mais forte que o cinamomo
quando os caminhões chegaram do mar.
Dávamos comida às vacas nos estábulos
e ajeitávamos os dias em armários
feitos por nossas mãos, falávamos do amor ao cavalo,
apontávamos para a estrela errante.

Também subimos nos caminhões e, junto,
o brilho verde-esmeralda na noite das nossas oliveiras
e o latido dos cachorros para a lua
a cruzar o céu por cima da torre da igreja...
Mas não tínhamos medo, afinal nossa infância não foi junto.
Íamos contentes, cantando: Logo logo a gente volta para casa...
os caminhões livres já da carga excedente.

A noite da coruja

Aqui está um presente que o passado não alcança...
Quando chegamos na última árvore
nos demos conta
de que não podíamos mais nos dar conta de nada.
E quando nos dirigimos aos caminhões
a ausência amontoava as coisas que selecionou,
montava sua eterna tenda ao nosso redor...

Aqui está um presente que o passado não alcança.
Um fio de seda puxa letras da amoreira
para o caderno da noite.
Só mesmo as mariposas para iluminar
nosso atrevimento em descer à fossa das palavras
estranhas: Esse miserável foi meu pai?
Quiçá eu resolva minhas questões aqui,
quiçá eu nasça agora de mim
e escolha para meu nome letras longilíneas.

Aqui está um presente sentado no vazio dos tempos,
a examinar os rastros dos passantes nos gravetos do rio,
a esmerilhá-los no vento até o ponto de flautas...

Quiçá as palavras, diáfanas, abram janelas
e o tempo, instado o passo, leve nosso amanhã
em suas malas...

Aqui está um presente desprovido de tempo.
Aqui ninguém encontrou ninguém que lembre
como saímos pela porta feito vento, nem em que tempo
ficamos fora do ontem. O ontem se quebrou no chão
em estilhaços que outros rejuntam para
espelho de suas imagens... depois de nós.

Aqui está um presente desprovido de lugar.
Quiçá eu possa gritar na noite da coruja:
Aquele miserável foi meu pai
para me fazer carregar o fardo de sua história?
Quiçá eu mude meu nome por palavras e ditos
de minha mãe — como deveria ser:
para que ela brinque comigo sempre
e o sal toque meu sangue,
para que ela cuide de mim sempre
e o rouxinol bique minha boca!

Aqui está um presente passageiro.
Aqui os estrangeiros penduraram seus fuzis nos galhos de uma oliveira
para prepararem um rápido jantar
de comida enlatada e saírem apressados até seus caminhões...

A eternidade do cacto

— Para onde me leva, pai?
— Em direção ao vento, filho.

Enquanto deixam a planície onde os soldados de Napoleão ergueram
um monte para observar as sombras na antiga muralha de Akka,
um pai diz ao filho: Não tema, filho, não tema o zunido das balas!
Agarre-se à terra para se salvar! Vamos sobreviver.
Vamos subir uma montanha no Norte e voltar depois
quando os soldados tiverem retornado para suas famílias na terra distante.

— E quem vai morar em nossa casa depois de nós, pai?
— Vai ficar como está, filho!

Sentiu a chave no bolso, que parecia um órgão do corpo, e ficou calmo.
Enquanto atravessavam uma cerca farpada, disse: Lembre, filho,
aqui os ingleses crucificaram seu pai por duas noites
nos espinhos de um cacto, e eu não confessei.
Você vai crescer e vai contar aos que herdarem aqueles fuzis
a história do sangue no metal.

— Por que você deixou o cavalo sozinho?
— Para companhia da casa, filho. As casas morrem
se os moradores se ausentam.

De longe, a eternidade abre as portas para que passe a caravana noturna.
Coiotes uivam para uma lua assustada. Um pai diz ao filho:
Seja forte como seu avô e suba comigo a última colina de carvalhos.
Lembre, filho: aqui o janízaro caiu da mula da guerra.
Aguente firme para voltarmos depois.

— Quando, pai?
— Amanhã. Talvez em dois dias!

O amanhã mascava, descuidado, o vento atrás dos dois
nas longas noites de inverno e, com as pedras
da casa deles, os soldados de Josué erguiam uma fortaleza.
Pai e filho ofegantes no caminho de Caná:
Aqui Nosso Senhor passou um dia,
aqui da água ele fez vinho e falou muito sobre o amor.
Lembre-se disso amanhã, filho, lembre-se das fortalezas dos Cruzados
vencidas pelas ervas daninhas de abril depois que os soldados se foram.

Quantas vezes nossa coisa acaba?

Observa seus dias na fumaça do cigarro,
olha para o relógio de bolso:
Se eu pudesse, diminuía seu ritmo
para retardar a colheita da cevada.
E sai de si, cansado, irritado.
O tempo da colheita chegou,
as espigas estão pesadas e as foices, largadas;
a terra está distante agora de seu portal profético.
O verão do Líbano me fala das uvas que tenho no Sul,
o verão do Líbano me fala do que está além da natureza,
mas meu caminho a Deus
inicia numa estrela no Sul...

— Está falando comigo, pai?
— Chegaram a uma trégua na Ilha de Rodes, filho!
— E o que isso tem a ver com a gente?
— A coisa acabou.
— Quantas vezes nossa coisa acaba, pai?
— A coisa acabou. Fizeram a parte deles,
enfrentaram os aviões do inimigo com fuzis quebrados,
e nós fizemos nossa parte, ficamos longe dos cinamomos

para não mexer no quepe do comandante
e para que eles possam caçar passarinhos, filho,
vendemos os anéis das esposas!

— Então vamos ficar aqui, pai,
pegando a brisa do salgueiro
entre o céu e o mar?

— Todas as coisas aqui, filho,
serão como as de lá.
Nas noites, seremos como somos.
A estrela eterna da semelhança
nos queimará!

— Fale mais fácil comigo, pai!
— Deixei abertas as janelas
para o arrulho das pombas,
deixei o rosto na beira do poço,
deixei solta a corda da fala
por cima da corda do armário,
deixei a sombra entregue à noite,

envolvida na lã de minha espera,
deixei as nuvens pendurando
suas calças na figueira,
deixei o sono renovando
a si mesmo em si mesmo
e deixei a paz sozinha
lá na terra...

— Você sonhava em minha vigília, pai?
— Levante, filho! Vamos voltar!

Até meu fim... até o fim dele

— Cansou de andar, filho,
cansou?
— Sim, pai, sua noite
se demora no caminho,
seu coração escorre no chão da noite.
— Você ainda é leve como um gato,
suba em meus ombros,
daqui a pouco vamos atravessar
a última floresta de terebintos e carvalhos.
Este é o Norte da Galileia,
o Líbano ficou para trás.
O céu é todo nosso, de Damasco
aos belos muros de Akka.
— E depois?
— Depois vamos voltar para casa.
Sabe o caminho, filho?
— Sim, pai: a leste da alfarrobeira da rua principal
há um pequeno caminho, estreito, tomado por cactos
no começo, mas que logo leva ao poço
e vai ficando mais largo
até dar na vinha do tio Jamil,

que vende doces e tabaco,
depois se perde numa eira
antes de se endireitar e borcar em casa
como um papagaio.
— Sabe como é a casa, filho?
— Sim, pai, e sei como é o caminho:
jasmins arqueiam o portão de ferro,
barras de luz na escada de pedra,
girassóis olham para o além
e abelhas preparam o café da manhã do vovô
na bandeja de vime, e no pátio da casa há
um poço e há um salgueiro e um cavalo
e atrás da cerca há um amanhã que folheia nossas páginas...

— Está cansado, pai? É suor em seus olhos?
— Cansei, filho. Você me carrega?
— Como você me carregava, pai.
Carregarei esse sentimento até
meu começo, até o começo dele,
atravessarei esse caminho até
meu fim... até o fim dele!

O espaço de Abel

O alaúde de Ismael

Duas cordas vibram a dança da égua
e nisso os dedos farejam o sangue e
as aldeias se abrem como anêmonas ao ritmo.
Não há noite, não há dia. Êxtase celestial
nos toca, as direções confluem para a matéria
aleluia
aleluia
as coisas terão novo começo.

O alaúde antigo é dele, nosso vizinho
na floresta de carvalhos, que carrega o tempo em disfarces
de louco que canta. A guerra terminara
e as cinzas de nossa aldeia andavam escondidas numa nuvem preta
para a qual o poder da Fênix, esperado, era ainda desconhecido.
O sangue da noite não secara ainda na camisa de nossos mortos
nem as plantas brotaram nos capacetes dos soldados,
como quer o esquecimento
aleluia
aleluia
as coisas terão novo começo.

Tal o restante do deserto, o espaço encolhe um tanto
do tempo, o suficiente para eclodir o poema. Ismael
descia à noite para cantar entre nós: Estrangeiro, estrangeiro
que vem de mim, sou eu o estrangeiro!
Nessas palavras o deserto viaja, palavras desatentas
à potência das coisas: Alaúde, traga de volta o perdido
e me sacrifique por ele, de longe a longe
aleluia
aleluia
as coisas terão novo começo.

O sentido nos move. De uma encosta de mármore a outra
voamos, corremos entre dois abismos azuis.
Nossos sonhos não despertam, nem os guardas do lugar
deixam o espaço de Ismael. Não há terra, não há céu.
Êxtase coletivo nos toca diante do istmo produzido
por duas cordas. Cante para nós, Ismael,
para que as coisas sejam possíveis perto da existência
aleluia
aleluia
as coisas terão novo começo.

No alaúde de Ismael as bodas sumérias alcançam
as pontas da espada. O nada não há
e não há o existir. Tocou-nos o ímpeto da criação:
de uma corda flui a água, de duas irrompe a chama,
de três rebrilha a mulher / o universo / a revelação.
Cante para o sentido, Ismael, um pássaro revoa sobre Atenas
no crepúsculo entre duas datas...
Cante o funeral em dia de festa
aleluia
aleluia
as coisas terão novo começo.

Estranhos cavalos passam debaixo do poema,
carroças passam nos ombros dos prisioneiros,
passa o olvido e passam os hicsos, os mestres do tempo, os filósofos,
e Imru Alqays é visto triste
pelo amanhã que se abate às portas de César.
Todos passam debaixo do poema.
O passado contemporâneo e Tamerlão.
Também passam profetas atentos à voz de Ismael
que canta: Estrangeiro, estrangeiro como eu,
estrangeiro em casa!

Alaúde, traga de volta o perdido
e me sacrifique por você, de veia a veia
aleluia
aleluia
as coisas terão novo começo.

Passeio dos estrangeiros

Conheço a casa pelos ramos da sálvia. Logo a primeira janela
se abre às borboletas... azuis, vermelhas.
Conheço as nuvens em trilha e o poço onde as moças da aldeia
aguardam no verão. Sei o que a pomba diz
ao pôr ovos na boca do fuzil.
Sei quem abre a porta ao jasmineiro
que entreabre nossos sonhos aos visitantes noturnos...

O carro dos estrangeiros ainda não chegou.

Ninguém chegou. Então me deixe ali,
como você deixa a saudação na entrada da casa,
para mim ou para outro, e não se ocupe tanto
de quem vier a ouvi-la antes.
Deixe-me ali na forma da pergunta que farei a mim mesmo:
Estava mesmo só e "único como a alma num corpo"
no dia em que você me disse "amo os dois... você
e a água"? Lembro: em todas as coisas, a água brilhou
como guitarra entregue ao choro!

A guitarra dos estrangeiros ainda não chegou.

Fiquemos bem! Leve-me ao mar na hora do crepúsculo,
quero ouvir o que o mar lhe diz
quando volta a si tranquilo e devagar.
Não mudarei o que sou. Mergulharei numa onda e direi:
Leve-me ao mar outra vez. Assim fazem consigo os que temem:
vão ao mar quando os atormenta uma estrela
que se deixou queimar no céu.

A canção dos estrangeiros ainda não chegou.

Conheço a casa pelos lenços que esvoaçam.
Logo a primeira pomba chora em meus ombros,
e uma criança corre sem motivos sob o céu dos evangelhos.
Também correm a água e o cipreste,
e corre o vento no vento, e a terra na terra. Eu disse:
Não se apresse a sair de casa... nada impede que este lugar
espere aqui um pouco até você vestir a camisa do dia
e calçar os sapatos do vento.

A lenda dos estrangeiros ainda não chegou.

Ninguém chegou. Então me deixe ali,
como você deixa uma fábula em qualquer um que a veja
e que chore e corra dentro de si, temendo pela própria felicidade:
Amo-a tanto! Como você é você!, e temendo pela própria alma:
Sou agora só o que ela é agora em mim,
e ela é só o que sou em sua ternura. Como temo
que meu sonho veja outro sonho que não ela
no fim desta canção!

Ninguém chegou.
Talvez os estrangeiros tenham errado o caminho
do passeio dos estrangeiros.

A tinta do corvo

Você tem um refúgio na solidão da alfarrobeira,
sino do crepúsculo, de vozes intensas!
O que lhe pediram vejo que foi buscar no
jardim de Adão: que um assassino sombrio
esconda seu irmão. Você se fechou em si mesmo
quando o morto se mostrou em todo seu lastro,
foi cuidar de seus interesses assim como a ausência
cuida de seus muitos assuntos. Fique atento,
nossa ressurreição está postergada,
Corvo.

Noite alguma basta para repetirmos o sonho.
Nosso céu tem só uma porta. De onde nos vem o fim?
Descendemos do começo e só vemos o começo.
Una-se ao ponto em que sua noite começa, como
um adivinho que predica o vazio com o que o vazio adâmico deixa
atrás em eco eterno ao seu redor...
Você é acusado do que somos. Esse é o sangue primeiro
de nossa linhagem diante de si. Afaste-se

da nova casa de Caim
como a miragem se afastou
da tinta de suas penas,
Corvo.

Tenho um refúgio na noite de sua voz, tenho
uma ausência que corre agarrada a mim entre as sombras
e eu me agarro ao chifre do touro.
O oculto me impulsava e eu o impulsava,
o oculto me erguia e eu o erguia até o fantasma pendurado feito
berinjela madura. É você, então?
O que nos pedem agora que roubaram minhas palavras das suas
e dormiram em meu sonho parados nas lanças?
Eu não era fantasma para que meus passos me seguissem os passos.
Seja meu segundo irmão, eu sou Abel,
o pó me faz voltar a você na forma da alfarrobeira
para que você se sente num galho meu,
Corvo.

Sou você nas palavras. Um livro nos reúne.
Suas cinzas e as minhas são as mesmas,
e na sombra somos só duas testemunhas, duas vítimas,
dois pequenos poemas sobre a natureza,
enquanto a desolação termina seu banquete.

O Alcorão ilumina você:
E Deus enviou um corvo para cavar a terra
e fazê-lo ver como esconder o cadáver de seu irmão.
Disse ele: Ai de mim, incapaz de ser como este corvo
O Alcorão ilumina.
Busque nossa ressurreição, revoe,
Corvo.

A andorinha dos tártaros

O céu se iguala a meu cavalo.
Sonhei com o que aconteceria depois do meio-dia.
Os tártaros passariam debaixo do céu e de mim
sem levarem nada além das tendas que terão erguido
e sem saberem do paradeiro de nossas cabras à chegada do inverno.
A noite se iguala a meu cavalo.
Os tártaros deixariam seus nomes colados, como andorinhas,
nos tetos das aldeias
e dormiriam seguros entre nossas espigas sem sonhar
com o que estava por vir depois do meio-dia,
quando o céu retornasse pouco a pouco,
à noite, até sua gente.

Temos um sonho: que o vento passe
amigo e espalhe o cheiro de café árabe
nos morros cercados pelo verão e os estrangeiros...

Sou o que sonho. Sempre que a terra estreita, eu a alargo
com asas de andorinha e assim me amplio. Sou o que sonho...
Na multidão me enchi com meus reflexos e reflexões
sobre os astros que andam nos pés de quem amo.

Há caminhos em meu retiro para quem peregrina a Jerusalém
— palavras depenadas como plumas sobre as pedras.
Quantos profetas a cidade espera ter para guardar
o nome de seu pai e se arrepender "de ter caído sem guerra"?
Quantos céus trocará em cada povo
até que lhe agrade seu manto carmesim?
Não nos olhe assim, sonho, não seja
o último mártir!

Por meu sonho temo a clareza das borboletas
e as manchas da amora nos relinchos do cavalo.
Por meu sonho temo o pai e o filho e todos os que cruzam
a costa do Mediterrâneo em busca de deuses
e do ouro dos antepassados.
Por meu sonho temo minhas mãos
e a estrela parada em meu ombro,
à espera da canção.

Nós, das noites antigas, temos nosso jeito de subir
à lua das rimas:
acreditamos nos sonhos mas desmentimos nossos dias,

pois nem todos eles estavam conosco desde a chegada dos tártaros
que agora se preparam para a partida
deixando para trás aqueles nossos dias.
Dentre em pouco cairemos na vida familiar dos campos e
dos lençóis brancos faremos uma bandeira
se for necessário ter bandeira,
e ela estará livre dos símbolos que abarrotam
e nós estaremos calmos para impedir que os sonhos
voem atrás da caravana dos estrangeiros.

Temos um sonho: encontrar
um sonho que nos conduza
como a estrela conduz os mortos!

O trem passou

O trem passou rápido,
e eu, na calçada,
à espera de um trem que passou
e levou os viajantes até
seus dias, ainda
espero.

Violinos choram
à distância, e uma nuvem que vem
de lá me leva e
se quebra.

Coisas obscuras
da saudade vinham e se iam,
nem o esquecimento se ia de mim,
nem a lembrança me vinha
de uma mulher que dizia
tocada pela lua:
Sou a lua.

O trem passou rápido,
e meu tempo não estava
comigo na calçada.
Mudou a hora.
Que hora é agora?
Em que dia ocorreu a dissensão
entre o ontem e o amanhã
quando os ciganos foram embora?

Aqui nasci não nasci,
o nascimento insistente se
completará com esse trem,
e as árvores correm
ao meu redor.

Aqui existi não existi,
nesse trem tropeço em mim,
eu que levo entre as margens
um rio que flui morto
como um jovem morto
quem dera o jovem fosse pedra...[*]

* Parte de um famoso verso de Tamim Ibn Muqbal, que viveu mais de cem anos entre os séculos VII e VII. O verso completo diz: *Quem dera o jovem fosse pedra / incólume, sempre intacta.* (N. do T.)

O trem passou rápido,
passou por mim, e eu,
como a estação, não sei
se recebo ou despeço:
Bem-vindos, há um café
nas minhas plataformas,
e há livrarias,
telefone
e há rosas,
e há salgados,
música
e rimas
para outro poeta que vem
e espera.

O trem passou rápido,
passou por mim, e eu ainda
espero.

Caos à porta da Ressurreição

O poço

Escolho um dia nublado para passar pelo poço antigo.
Talvez esteja cheio como o céu e transborde sentidos
e provérbios de pastor. Bebo um punhado daquela água
e digo aos mortos ao redor: *Salam*, vocês que ficaram
em volta do poço na água da borboleta! Retiro a ênula
da pedra: *Salam*, pedra pequena! Talvez tenhamos sido
asas de um pássaro que dói em nós ainda. *Salam*, lua a gravitar
ao redor da própria imagem que não encontrará nunca!
Digo ao cipreste: Cuidado com o que lhe diz a poeira.
Talvez tenhamos estado aqui como duas cordas
de um violino no banquete dos guardas do lápis-lazúli.
Talvez tenhamos sido os braços de um apaixonado...
Eu andava lado a lado comigo: Seja forte, camarada,
erga o passado entre as mãos como ergue os cornos
de uma cabra e sente-se perto de seu poço.
Talvez os cervos do vale o notem... e a voz assome — sua voz
é a imagem de pedra do presente quebrado...
Ainda não terminei a curta visita ao esquecimento,
não levei comigo todas as ferramentas do coração:
meu sino quando assopra a árvore de Snoubar,
minha escada nas imediações do céu,

minhas estrelas ao redor das casas
e a voz rouca de morder sal antigo...
Eu disse à memória: *Salam*, palavras espontâneas da avó
que me levam aos dias brancos sob a sonolência dela...
Meu nome soa como moeda dourada antiga
jogada na entrada do poço. Ouço os ancestrais, longínquos
como as letras *mim* e *waw*, e sós como o vale não cultivado,
e escondo meu cansaço amigo. Sei que dentro
em pouco volto vivo do poço no qual não se jogou José
nem o eco do medo que seus irmãos sentiram.
Fique atento! Aqui sua mãe o deixou perto da entrada
do poço e foi buscar proteção divina... Faça
o que tiver em seu íntimo. Eu fiz o que queria:
cresci, numa noite, na história entre os lados
do triângulo Egito, Síria, Babilônia. Cresci aqui,
eu só, sem as deusas da agricultura
(que lavavam as pedras na baixada das oliveiras
e se deixavam regar com o orvalho)... e vi que caí
da caravana da viagem, que caí em mim e perto da víbora,
sem ninguém que eu pudesse completar a não ser meu fantasma.

A terra me lançou para fora de sua terra,
e meu nome ressoou em meus passos
como galopes de égua: Aproxime-se...
para que eu possa sair desse vazio e volte
a você, eterno em seu nome, Gilgamesh!
Seja meu irmão, gritemos juntos no poço antigo
que talvez, como a fêmea, esteja prenhe de céu e transborde
sentidos e o que virá enquanto nasço de meu poço primordial!
Beberemos um punhado de sua água
e diremos aos mortos ao redor:
Salam, vocês, os vivos na água da borboleta,
e vocês, os mortos, *salam*!

Feito a letra *nun* na sura *Al-Rahman*

Na baixada das oliveiras, a leste das fontes,
meu avô se recolheu em sua sombra
abandonada. Naquela sombra não cresce
nenhuma grama lendária
e nenhuma nuvem de lilases
flui dentro do santuário.

A terra é, como a roupa, tecida
com agulhas do sumagre de seu sonho
quebrado... meu avô acordou do sono
para arrancar o mato da vinha
enterrada debaixo da rua preta...

E me ensinou o Alcorão
junto ao pé de manjericão a leste do poço.
Viemos de Adão e Eva
no jardim do esquecimento.
Meu avô! Sou o último vidente
no deserto, então subamos!

O mar e o deserto em torno de seu nome
desprovido de guardas não sabem
de meu avô e seus filhos
parados agora em torno da letra *nun*
na sura *Al-Rahman*.
Sê disso, Deus, testemunha!

Meu avô nasceu de si mesmo
e perto do fogo foi vivo enterrado
em si mesmo.
Que ele à Fênix dê de seu segredo queimado
algo de que ela precise, depois dele,
para acender as luzes no templo.

Na baixada das oliveiras, a leste das fontes,
meu avô se recolheu em sua sombra
abandonada. Nenhum sol em sua sombra
incide, e nenhuma sombra desce para encobrir sua sombra,
meu avô sempre está mais distante...

Ensinamentos de uma *huri*

Um dia, eu pensando em partir, um pintassilgo pousou
na mão dela e dormiu. Bastava eu tocar os dedos num ramo
da videira para ela saber que meu copo estava cheio.
Se eu dormia cedo, ela antevia claro meu sonho
e zelava por ele, tardando a vigília...
Era chegar carta minha para ela entender que mudara
meu paradeiro dentro da prisão... meus dias, ela sabia,
gravitavam em torno dela, por ela.

Minha mãe conta meus vinte dedos, um por um, à distância,
e me penteia com mechas de seu cabelo dourado,
em minha roupa íntima procura sinais de mulheres estrangeiras
e cerze minhas meias. Eu não cresci sob os cuidados de sua mão,
como queríamos: nos separamos na encosta de mármore,
quando nuvens acenaram para nós e as cabras herdeiras do lugar.
Então o exílio nos criou duas línguas:
uma corrente, que as pombas entendem e a memória retém,
e uma culta, com que explico às sombras suas sombras.

Sigo vivo no oceano dela. Você não disse o que a mãe diz
a um filho doente, e eu padeci da lua de cobre
em cima das tendas beduínas. Lembra o caminho
para o Líbano quando migramos? Você me esqueceu
junto ao saco de pão (o pão que era de trigo). Não gritei
para não despertar os guardas, mas o cheiro de orvalho
me levou até seus ombros, gazela
que perdeu seu paradeiro e seu filhote.

Você não se cercava de tempo para conversas sentimentais,
a tarde toda a amassar manjericão, a assar crista-de-galo
para sumagre. Sei o que acaba com seu coração crivado pelo pavão
desde que a expulsaram uma segunda vez do Paraíso.
Nosso mundo mudou, nossas vozes mudaram,
nossa saudação caiu como um botão na areia
e não deixou eco. Diga bom-dia ou qualquer coisa
para mim para que a vida me dê um agrado.

Ela é irmã de Hagar, irmã por parte de mãe. Chora
com as flautas pelos mortos que não morrem, e não há cemitérios
nos arredores de sua tenda para ela saber como o céu se abre.
Não vê deserto por trás de meus dedos para ela enxergar
um jardim para si no rosto da miragem.
Então o tempo antigo a faz precipitar
numa frivolidade essencial: seu pai voou feito circassiano
em cavalo de bodas, mas sua mãe preparou, sem derramar lágrimas,
a hena para a esposa de seu marido
e ainda checou suas tornozeleiras...

Só nos encontramos na despedida, quando a conversa bifurca,
ela dizendo, por exemplo: Case-se com uma estrangeira qualquer
mais bonita que as moças do bairro, mas não confie
em nenhuma mulher além de mim. Não confie sempre
nas lembranças. Não se queime para iluminar sua mãe,
é dela essa bela tarefa. Não anseie pelas promessas do orvalho.
Seja realista como o céu. Não anseie pelo manto
preto de seu avô, ou pelos subornos tantos
de sua avó. E saia como um potro pelo mundo.

Seja quem você é, em todo lugar, e carregue só
o fardo de seu coração... e retorne quando sua terra tiver
se alargado na terra e mudado sua condição...

Minha mãe ilumina as últimas estrelas de Canaã
ao redor de meu espelho
e joga, em meu último poema, seu xale!

Pentes de marfim

Da fortaleza desce uma nuvem azul
buscando as vielas...
Voa um xale de seda, voa
um bando de pombas
e o céu caminha um pouco no topo da poça
da água e voa, minha alma voa entre as vielas,
como abelha operária, o mar come
o pão dessas ruas, o pão de Akka,
há cinco mil anos o mar
roça o selo delas,
a face dele contra a face delas...
rituais de um casamento que dura
muito, muito.

O poema diz: Esperemos
até a janela cair
no álbum desse guia turístico.

Entro em sua axila de pedra
como a onda que entra na eternidade.
Passo pelos séculos como passo pelos cômodos
e vejo em mim elementos familiares do tempo:

o espelho de uma moça de Canaã,
pentes de marfim,
um prato de sopa assírio,
a espada do guarda que zela o sono do mestre persa,
o salto repentino dos sacres de bandeira a bandeira
nos mastros
das esquadras...

Se eu tivesse outro presente
teria as chaves de meu passado
e se meu passado estivesse comigo
teria todo meu futuro...

Viagem obscura a minha pelas longas vielas que dão
numa lua obscura em cima do mercado de cobre.
Aqui uma palmeira me poupa de carregar uma torre,
uma canção que murmura muda as coisas simples ao redor
para compor uma tragédia ininterrupta. Imaginação aqui
é um vendedor que tem fome e vaga solto em cima da poeira
como se eu não tivesse a ver com o que acontecerá comigo
nas celebrações de Júlio César... em breve!

Minha amada e eu bebemos
a água da alegria
de uma mesma nuvem
e caímos numa mesma jarra!

Atraquei em seu porto porque
minha mãe aqui desperdiçou seus lenços...
Não tenho história aqui. Cambio deuses, negocio outros.
Não tenho história aqui
para encher a memória com cevada
e os nomes dos guardas parados sobre meus ombros
à espera do amanhecer de Tutmés. Não tenho espada,
aqui não tenho história para repudiar minha mãe
que me fez carregar seus lenços, de nuvem em nuvem, para cobrir
o antigo porto de Akka... quando partimos!

Outras coisas vão acontecer.
Henry vai mentir
para Calavuno. Daqui a pouco, nuvens se erguerão
vermelhas sobre as palmeiras dispostas em filas...

Fases de Anate

Poesia é a escada que subimos até a lua que Anate deixou pendurada
em seu jardim para espelho dos amantes sem esperança.
No deserto de si mesma passam duas mulheres que não se reconciliam:
uma devolve a água às nascentes,
a outra ateia fogo nas matas.
E os cavalos
que dancem, demorados, sobre dois abismos!
Não há morte lá e não há vida.
Meu poema é a espuma de quem arfa e o grito
animal de quem sobe
e cai desnudo:
Eu a quero em seu duplo, amor e guerra é Anate,
então me leve ao inferno, eu a amo!
Anate mata a si mesma,
em si mesma,
para si mesma
e reconfigura a distância para que os seres passem
diante de sua imagem distante acima da Mesopotâmia
e acima da Síria. Todas as direções acatam
o cetro lápis-lazúli e o anel da virgem:

Anate, não se demore no submundo,
volte daí para a natureza e as naturezas!
Você se foi e a água do poço secou,
você morreu e os vales e rios secaram,
as lágrimas no jarro de barro evaporaram,
o vento, de seco, quebrou como um pedaço de madeira,
e nós em sua ausência quebramos como uma cerca,
nossos desejos secaram, a oração calcificou,
nada vive depois de sua morte.
A vida morre como as palavras de quem viaja ao inferno.
Não tarde mais no submundo, Anate!
Você ausente, talvez novas deusas tenham descido
até nós, os sujeitos à miragem,
talvez os pastores tenham encontrado, ardilosos,
alguma deusa nas imediações do pó
e as sacerdotisas acreditaram nela.
Volte, pois, e traga de volta
a terra da verdade e do símile,
a terra primeva de Canaã,
a terra comum de seus seios,
a terra comum de suas coxas,

para que os milagres voltem a Jericó,
à porta do templo abandonado...
Não há morte lá e não há vida,
só caos à porta da Ressurreição.
Nenhum amanhã virá, nenhum passado virá para a despedida,
nenhuma lembrança dos lados da Babilônia voará por cima de nossas palmeiras,
nenhum sonho nos acompanhará para habitarmos a estrela-botão
de seu vestido, Anate.
Anate cria a si mesma
em si mesma,
para si mesma
e voa atrás dos navios gregos,
com outro nome,
duas mulheres que não se reconciliam nunca...
E os cavalos
que dancem, demorados, sobre dois abismos.
Não há morte lá e não há vida,
lá eu não vivo e não morro,
nem Anate,
nem Anate!

Fênix abatida

Nas canções que cantamos
há uma flauta,
na flauta que nos habita
há um fogo,
no fogo que ateamos
há uma fênix
verde e, na elegia da fênix,
não distingo minha cinza de seu pó.
Uma nuvem de lilás basta
para esconder de nós
a tenda do caçador. Ela me disse:
Caminhe, como o Senhor, sobre a água;
minha lembrança de você não tem desertos
nem inimigos tem, a partir de agora,
a flor que brota das ruínas de sua casa.

A água que havia parecia o anel
ao redor da montanha alta, e Tiberíades
era um quintal do paraíso primevo.
Eu disse: A imagem do mundo
fica completa nos olhos verdes.
E ela: Meu príncipe prisioneiro,
deposite minhas lágrimas em suas jarras!

O par estranho que queimou dentro de nós
são aqueles dois
que quiseram nos matar ainda há pouco,
são aqueles dois
que voltarão para suas espadas daqui a pouco,
aqueles que nos dirão:
Quem são vocês?
Diremos: Duas sombras do que fomos aqui,
dois nomes do trigo que irrompe no pão das batalhas.

Não quero voltar agora, como os cruzados
voltaram de mim, porque sou o silêncio
entre dois lados: de um
os deuses,
de outro aqueles
que criaram seus nomes;
sou a sombra que caminha sobre a água,
quem observa e o lugar da observação,
quem adora e o lugar da adoração
na terra do meu cerco e do seu.

Ela disse: Seja meu amado entre duas guerras no espelho;
não quero voltar agora à fortaleza de meu pai...
Leve-me à sua vinha e me junte à sua mãe;
esparja-me a água de manjericão e me espalhe
nas travessas de prata; penteie-me, faça-me entrar
no confinamento de seu nome e me mate de amor;
case-se comigo e me case com as tradições agrícolas;
ensine-me a arte da flauta e me queime para nascer,
como a fênix, do meu fogo e do seu.

Havia algo que parecia a fênix,
algo que chorava sangue
antes de cair na água
perto da tenda do caçador...

De que valem a minha espera e a sua?

Recinto para falar com o íntimo

Arranjos poéticos

Aos astros ficou o papel
de me ensinar a ler:
tenho uma língua no céu,
tenho uma língua na terra.
Sou quem? Sou quem?

Não pretendo responder aqui. Talvez
uma estrela tenha caído na própria imagem
ou a copa da castanheira tenha me elevado,
uma noite, em direção à galáxia
ao dizer: Aqui ficarás!

A poesia está em cima e pode
me ensinar o que ela bem quiser:
a abrir minha janela,
a gerir os afazeres da casa
em meio às lendas. E pode me fazer
me casar com ela... por um tempo.

Meu pai está embaixo e carrega
uma oliveira de mil anos,
não oriental,
não ocidental.
Talvez, liberto dos conquistadores
e em gesto de ternura,
ele me colha açucenas.

A poesia se afasta de mim e entra
num porto de marinheiros que adoram tomar vinho
mas não voltam duas vezes a uma mulher,
partem sem saudade de nada,
sem nenhuma aflição.

De amor não morri ainda,
mas uma mãe que vê os olhos do filho
fixos no cravo
teme que se quebre o vaso,
e para afastar o caso ela chora
antes que se dê o caso.
Quer que eu deixe o caminho das armadilhas,
que volte vivo e viva aqui.

A poesia está no meio do meio
e pode iluminar as noites com os seios
de uma moça, pode iluminar dois corpos,
com uma maçã e, no grito de uma gardênia,
trazer de volta uma nação!

A poesia está em minhas mãos e pode
cuidar das lendas de forma artesanal,
mas ao encontrar a poesia
eu me afastei de mim
e a indaguei:
Sou quem?
Sou quem?

Das odes bizantinas de Abu Firas Al-Hamadani

O eco retorna, eco de rua larga. Passos e sons de tosse se alternam, se aproximam pouco a pouco da porta, depois se afastam. Amanhã, familiares vêm nos visitar, é a quinta-feira das visitas. No corredor teremos sombra, nos cestos de frutas teremos sol, e uma mãe vai ralhar com o carcereiro: Por que virou nosso café na grama, miserável? Do mar sopra um sal, do sal sopra um mar. A cela fica mais larga um centímetro para a voz da pomba: Voe a Alepo, pomba, e leve a meu primo minha ode bizantina e minha saudação!
Eco do eco.
O eco tem uma escada metálica e transparente e tem um orvalho que satura aqueles que sobem à própria aurora... e aqueles que descem à própria cova esgueirados nos buracos da distância... Levem-me com vocês à minha língua! Eu disse: O que é bom para as pessoas está nas palavras do poema, mas os tambores... seu couro se deixa inundar por espuma. A cela se alarga no eco, parece uma plataforma, como o vestido da moça que me acompanhou em vão até a plataforma do trem e me disse: Meu pai não gosta de você, minha mãe sim. Cuidado com Sodoma amanhã. Não me espere na quinta de manhã, não gosto da densidade na prisão quando esconde o movimento dos significados e me deixa corpo solitário a lembrar suas florestas... O eco tem um

recinto como esta cela: um recinto para falar com o íntimo. Minha cela é meu retrato, não encontro ninguém por perto para dividir comigo o café nas manhãs, nem um banco para dividir a solidão nas noites, nem um cenário para compartilhar a confusão quando procuro um caminho. Que eu seja o que os cavalos querem para mim nas campanhas: o príncipe ou a ruína!
A cela se alarga, uma rua, duas ruas mais larga, e isso é um eco sinistro e propício. Atravessarei esta parede como um fantasma que sai livre e senhor de si e vou a pé a Alepo.
Voe, pomba, voe com minha ode bizantina e leve a meu primo a saudação do orvalho!

De um a outro céu irmão vão os sonhadores

... E deixamos nossa infância para a borboleta quando
deixamos nos degraus um pouco de azeite e esquecemos ao redor,
entanto, a saudação à hortelã e a saudação apressada
ao amanhã depois de nós...
E não fosse o livro da borboleta ao redor,
a tinta do meio-dia seria branca.

Borboleta, irmã de si! Seja como você sempre quis
antes e depois de meu anseio e, se me toma
para irmão de suas asas, aceito ficar com
minha loucura cálida! Borboleta, mãe de si,
não me deixe para a caixa entalhada dos artesãos,
não me deixe!

De um a outro céu irmão vão os sonhadores
de espelhos-d'água feito bordas de borboleta
podemos ser portadores
de um a outro
céu irmão
vão os sonhadores.

Da agulha da luz a borboleta
tece os enfeites de sua comédia,
a borboleta nasce de si mesma
e dança
no fogo de sua tragédia.

Meia fênix, o que nos toca
toca-a: imagem escura,
fogo-luz... um não entre duas
vias. Não tolo, não sábio, nosso amor
é sempre desse jeito, desse jeito... desse jeito
de um a outro
céu irmão
vão os sonhadores.

Borboleta é água louca para voar. Escapa
do suor das moças, cresce na nuvem das
lembranças. E é o que o poema não diz.
Quebra as palavras, de tão leve,
como o sonho quebra os sonhadores...

Presente esteja conosco
nosso amanhã,
presente esteja nosso ontem,
presente esteja nosso dia no banquete deste dia
preparado para o dia da borboleta,
para que os sonhadores vão
de um a outro céu irmão... em paz.

De um a outro céu irmão
vão os sonhadores...

Disse o viajante ao viajante:
Não voltaremos como...

Não conheço o deserto,
mas fiz brotar a fala em seus entornos...
— disse a fala, palavras dela.
E eu, mulher divorciada,
marido quebrado,
passei e retive só o ritmo
que escuto, acompanho e ergo
feito pomba a caminho do céu
de minha canção.
Sou filho da costa síria.
Vivo nela em trânsito ou morando
entre as gentes de seu mar,
mas a miragem me puxa mais a leste,
aos beduínos antigos.
Conduzo os belos cavalos
ao bebedouro, afiro no eco o pulso do alfabeto
e volto como janela em duas direções.
Esqueço quem sou para ser a coletividade
em um,
para ser do tempo das canções dos marujos
estrangeiros cantadas ao pé de minhas janelas,
para ser a carta dos guerreiros aos familiares:

Não voltaremos como saímos,
não voltaremos,
nem de vez em quando!
Não conheço o deserto
por mais que frequente sua obsessão.
O invisível no deserto me disse:
Escreva!
Respondi: Na miragem há outra escrita.
Ele disse: Escreva para a miragem ficar verde.
Respondi: Sinto falta da ausência,
ainda não aprendi as palavras.
Ele disse: Escreva para aprendê-las
e saber onde você estava e onde está,
como chegou e quem será amanhã,
ponha seu nome em minha mão e escreva
para saber quem sou, depois saia
como nuvem na amplidão...
Escrevi: Quem escreve a própria história herda a terra
das palavras e domina o significado por inteiro!
Não conheço o deserto,
mas digo adeus a ele.

Adeus à tribo a leste desta canção.
Adeus à descendência plural na espada.
Adeus ao filho de minha mãe debaixo da palmeira.
Adeus ao Poema Suspenso, guardião de nossos astros.
Adeus a mim entre dois poemas:
o que foi escrito
e o que teve seu autor morto por amor!
Seria eu?
Estou lá ou aqui?
Estou em cada "você".
Sou você com quem falo.
Eu ser você
não é exílio, você ser eu
não é exílio, e não é exílio
o mar e o deserto serem
canção do viajante ao viajante:
Não voltarei como saí, não voltarei,
nem de vez em quando!

Uma rima para os Poemas Suspensos

Ninguém me mostrou o caminho até mim mesmo.
Sou o guia. Do mar ao deserto, sou o guia até mim mesmo.
Nasci de minha língua, no caminho da Índia,
entre duas pequenas tribos banhadas pela lua das religiões
antigas e a paz impossível, guardiã do céu da vizinhança
persa e da grande obsessão dos bizantinos para que assim
o tempo pesado se precipite de novo das tendas árabes.
Quem sou? é pergunta que os outros fazem, não tem resposta.
Sou minha língua, sou um Poema Suspenso, sou dois, sou dez
Poemas Suspensos,
essa é minha língua,
sou minha língua e o que as palavras me disseram: Seja meu corpo.
Fui corpo para o ritmo delas. Sou o que disse às palavras:
Sejam o encontro de meu corpo com a eternidade-deserto, sejam
para que eu seja o que digo!
Nenhuma terra acima da terra me carrega, só minha fala me carrega
num voo que parte de mim. Minha fala constrói o ninho de sua viagem
na minha frente, em meus escombros,
nos escombros do mundo mágico ao meu redor,
no vento que estanco. Minha longa noite se demora em mim...

Essa minha língua é colares de estrelas
ao redor do pescoço dos amantes que migram,
tomam o lugar e migram,
tomam o tempo e migram,
tomam os perfumes dos jarros e da grama esparsa e migram,
tomam as palavras e com elas migra
o coração morto. O eco, esse eco,
essa miragem branca de vozes, é largo a ponto
de um nome encher com sua rouquidão o desconhecido
e encher a migração com divindades?
O céu coloca uma janela sobre mim. Olho e não vejo
ninguém além de mim...
Encontrei-me em meu interior,
no estado em que estava comigo.
Minhas visões não estavam longe do deserto,
meus passos vinham do vento e da areia,
meu mundo era meu corpo e o que minhas mãos possuíam.
Sou quem migra e sou o caminho.
Deuses vêm me ver e se vão, não prolongamos a conversa sobre o devir.
O amanhã neste deserto é só o que vimos ontem.

Que eu erga, pois, meu Poema Suspenso
para que se quebre o tempo circular e nasça um belo tempo!
Quantas vezes o passado chega amanhã!
Deixei meu eu comigo, preenchido com o presente,
e a viagem me esvaziou de templos.
O céu tem suas gentes e tem suas guerras, eu
tenho a gazela como esposa e a palmeira como
Poemas Suspensos no livro da areia.
O que vejo é passado. A pessoa tem reino e coroa, mas os tem no pó.
Que minha língua vença o tempo inimigo,
meus descendentes, eu mesmo, meu, pai, o fim infindo.
Esta é minha língua, meu milagre e varinha mágica,
meus jardins da Babilônia, meu obelisco,
minha identidade inicial, meu metal polido.
O sagrado do árabe no deserto
adora as rimas que fluem
como estrelas
sobre seu manto,
adora o que é dito...

Então deve haver muita prosa,
prosa divina é preciso para a vitória do Mensageiro.

O pardal, como ele é, como ele é

Perplexa, a tradição: este crepúsculo derramado
me chama para sua leveza atrás do vidro
da luz. Não sonho muito com você,
pardal, asa não sonha com asa...
Andamos preocupados.

Você tem o que não tenho: a cor azul é sua fêmea,
e seu refúgio é o ir e vir do vento ao vento.
Revoe, pois, como o espírito em mim que tem sede
do espírito, e aplauda para os dias tecidos
por suas plumas; se quiser, pode me largar,
moro numa casa, feito minha palavra, apertada.

Está habituado ao telhado, ele, o hóspede feliz, está habituado
ao pé de alfavaca assentado numa janela, feito uma avó.
Sabe onde ficam a água, o pão
e a armadilha de pegar rato.
Remexe as asas como o xale a escapar da mulher,
e o azul, o azul voa...

Tal celebração, inconstante como eu,
arranha o coração e o joga na palha.
Algum tremor que permaneça um dia só
num vaso de prata?
Meu correio está vazio de folguedos
e você, pardal, virá por mais estreita
que seja a terra e por mais largo o horizonte.

O que tomam de mim suas asas?
Retese, vaporize, tal um dia displicente.
Precisa de um grão de trigo a pluma
para se libertar. O que tomam de você
meus espelhos? Precisa de um céu
meu espírito para vê-lo o absoluto.

Você é livre e eu sou livre. Ambos amamos
o ausente. Desça para eu subir, suba
para eu descer, pardal! Dê-me o sino
da luz, dou-lhe a casa habitada pelas horas.
Completamos um ao outro,
de um céu a outro,
quando nos separamos!

Chuva na torre da igreja

Helena, quanta chuva

Encontrei-me com Helena na terça-feira,
às três horas,
hora do tédio sem fim,
mas o som da chuva com
uma mulher como Helena
é cantiga para a viagem.

Chuva! E quanta saudade,
quanta saudade o céu tem
de si mesmo! E chuva!
Quanto uivo,
quanto uivo dos lobos
para si mesmos!

Chuva no telhado da secura,
secura dourada nos ícones das igrejas.
— Quanto a terra está distante de mim
e quanto o amor está distante de você? —
diz o estranho a Helena, a vendedora de pão,
numa rua apertada como as meias dela.
— Umas palavras, não mais — e chuva!

Chuva com sede de árvore...
Chuva com sede de pedra...

Diz o estranho à vendedora de pão:
Helena, Helena! O cheiro de pão
que sobe de você agora
vai a uma varanda de um país distante
para cobrir as falas de Homero?
A água sobe de seus ombros
até uma árvore seca do poema?

Ela diz a ele: Quanta chuva, quanta chuva!

O estranho diz à Helena: Sinto falta
dos narcisos para olhar a água,
sua água, a água em seu corpo. Você, Helena,
olhe a água de nossos sonhos... encontrará nas margens
os mortos a cantarem seu nome:
Helena... Helena! Não nos abandone
como a lua.

— Quanta chuva, quanta chuva!

O estranho diz à Helena: Eu lutava
em suas trincheiras, você não se livrou
de meu sangue asiático e nem do sangue
escuro nas veias de suas rosas, Helena!
Como a Grécia era cruel naquele tempo!
Como Ulisses era um selvagem que adorava viajar
procurando sua história nas viagens!

As palavras que eu não disse
a ela eu disse. E as palavras que eu disse
eu não disse a Helena. Mas Helena
sabe o que o estranho não diz...
sabe o que o estranho diz a um cheiro
que se desfaz na chuva.
Ela diz a ele:
A guerra de Troia não existiu,
nunca existiu,
nunca...
Quanta chuva, quanta chuva!

Noite que transborda do corpo

Jasmim numa noite de julho, canção
de dois estranhos que se encontram numa rua
que não leva a lugar nenhum...
Quem sou depois desses olhos amendoados?,
diz o estranho.
Quem sou depois de seu exílio em mim?,
diz a estranha.
Está bem, então, fiquemos atentos para não revirar
o sal dos mares antigos num corpo que lembra...
Ela lhe devolvia um corpo quente
e ele lhe devolvia um corpo quente.
Assim os amantes estranhos deixam o amor,
de forma caótica,
da mesma forma que deixam as roupas íntimas
entre as flores dos lençóis...
— Se você é realmente o meu amor, escreva para mim
um cântico dos cânticos e grave meu nome
no tronco de uma romãzeira nos jardins da Babilônia...
— E você, se me ama realmente, coloque meu sonho
em suas mãos e diga ao filho de Maria: Como
você faz conosco o que fez consigo mesmo?
Senhor, temos justiça o suficiente para sermos justos amanhã?

— Como me recupero do jasmim amanhã?
— Como me recupero do jasmim amanhã?
Juntos, escurecem numa sombra que brilha
no teto do quarto: Não fique sombrio
depois de meus seios, ela lhe diz...
E ele: Seus seios são noite que ilumina o necessário,
seus seios são noite que me beija, e eu e o lugar
ficamos repletos de uma noite que transborda do cálice.
Ela ri da descrição dele e ri mais ainda quando
esconde na mão o cair da noite.
— Meu amor, se eu pudesse ser menino,
seria como você.
— E eu, se pudesse ser menina,
seria como você!
Então ela chora, como de costume, ao retornar
de um céu da cor do vinho: Leve-me a um país
em que eu não veja um pássaro azul
num salgueiro, estranho!
Ela chora para cruzar suas florestas
na longa viagem até si mesma: Quem sou,
quem sou depois de seu exílio em meu corpo?
Ai de mim, de você, de meu país.

— Quem sou depois desses olhos amendoados? Mostre-me o amanhã!
E assim os amantes se deixam na despedida,
de forma caótica,
como o cheiro de jasmim numa noite de julho...
Todo julho, o jasmim me leva a uma rua
que não leva a lugar nenhum,
embora eu continue a canção:
Jasmim
numa
noite
de julho...

Para a cigana um céu experiente

Você deixou doente o vento nas amoreiras
e eu vou para o mar. Como posso respirar,
por que você fez o que fez conosco,
por que se cansou de morar
nos entornos da açucena,
Cigana?

Temos o que precisa: ouro e o sangue inconstante das raças.
Com o taco de seu sapato, bata
o ícone do ser, os pássaros descerão rápido até você.
Temos anjos... e um céu experiente. Faça o que quiser!
Bata os corações como um quebra-nozes,
e o sangue dos cavalos jorrará rápido!

Poesia sua não tem país, o vento não tem casa, eu
não tenho teto nos lustres de seu peito.
Sigo sozinho o lilás aos risos em torno de sua noite,
numa trilha que é toda fios de cabelo. Como se fosse feita
de si mesma, Cigana, o que fez com nossa argila
desde aquele ano?

Você se veste do lugar como veste calças de fogo,
muito apressada. A terra em suas mãos tem uma só ocupação:
cuidar das coisas da partida: chocalhos para a água,
guitarra para o vento, flauta para a Índia
cada vez mais distante. Não nos deixe, Cigana, como
o exército abandona seus rastos tristes!

Quando veio dos lados da andorinha e caiu sobre nós, apequenados,
abrimos nossas portas para a eternidade.
Suas tendas são guitarra para os bandoleiros: nelas nos erguemos
e dançamos até o ocaso sangrento terminar aos seus pés.
Suas tendas são guitarra para os cavalos longevos das incursões
e eles não param até que façam as lendas do lugar.

Toda vez que ela movia uma corda, era seu demônio que nos tocava,
e éramos levados a outro tempo. Acabamos por quebrar nossas jarras
uma atrás da outra para acompanhar seu ritmo. Não éramos
bons nem ruins, como nas histórias. E com seus dez dedos, ela
conduzia nossos destinos
em trinos... em trinos!

Nuvem, foi carregada pelas pombas de nossos sonhos.
Amanhã ela volta? Disseram: Não,
a cigana não volta, a cigana não passa uma segunda vez
por um país. Então quem vai tocar nossos cavalos
até sua raça? Quem vai lustrar
depois dela a prata do lugar?

Primeiros estudos numa guitarra espanhola

Duas
guitarras em
duo de
muachaha
deitam no mármore da porta a seda
da angústia por nossa ausência
e põem a azinheira a bailar.

Duas guitarras

Eternidade azul
nos conduz. Duas
nuvens caem no mar
de suas cercanias, duas ondas
escalam escadas, lambem passos,
inflamam o sal das margens
em meu sangue,
depois migram
às nuvens púrpuras!

Duas guitarras

A água chora, a pedra chora, o vento
chora, e o açafrão:
Nosso amanhã não é mais nosso...
Chora a sombra atrás da histeria de um cavalo:
tocado por corda, abreviada a distância
da lâmina ao abismo, ele opta
pelo arco da força.

Duas guitarras

Canção branca para a morena em sua liteira.
O tempo se quebra para
ela passar entre dois exércitos:
um egípcio, um hitita.
Fumaça colorida,
a fumaça de seus enfeites, sobe
e cobre as ruínas do lugar...

Duas guitarras

Só os passos do *nahawand*
para tirarem de você o tempo
do Alandalus e de Samarcanda:
aquela gazela chegou cedo
ao próprio funeral e voou
no sopro da margarida. Meu amor,
minha doença adoentada, basta!
Basta! Não esqueça outra vez
seu túmulo
no lombo de minha égua.
Aqui duas guitarras nos matarão.

Duas guitarras
Duas guitarras

Sete dias de amor

Terça-feira: a fênix

Basta você passar pelas palavras para a fênix
encontrar sua imagem em nós e nascer
o espírito de cujo espírito nasceu um corpo.
É preciso o corpo para a alma queimar,
por si e para si, para a alma deixar ver
o que escondeu da eternidade. Então, queimemos,
não por outra coisa que nossa união!

Quarta-feira: a flor narciso

Ela tem vinte e cinco mulheres de vida, nasceu
como quis... em torno da própria imagem
e caminha como se fosse outra na água: me falta
uma noite... para eu correr em mim, e um amor...
para eu saltar por cima da torre. Ela se afasta
da própria sombra para que o brilho passe entre elas
como um estranho passa no poema de si mesmo...

Quinta-feira: a criação

Encontrei-me dentro de mim e fora,
e você, no meio, era como um espelho...
Por vezes a terra a visitava para se enfeitar,
para subir ao que inicia o sonho.
Posso estar como você me deixou ontem,
perto da água, dividido entre céu e terra.
Ah... onde estão o céu e a terra?

Sexta-feira: outro inverno

Se você partir para longe, deixe meu sonho
pendurado no guarda-roupa, será lembrança
sua ou minha, e virá outro inverno, verei
duas pombas na cadeira e então verei
o que você terá feito do coco: o leite
escorreu de minha língua a outro tapete.

Então,
se você partir, leve consigo o inverno!

Sábado: o casamento da pomba

Ouço meu corpo: as abelhas têm deuses
e o relincho, rebabes incontáveis.
Sou as nuvens, você é a terra que o eterno
lamento do desejo equilibra na cerca.
Ouço meu corpo: a morte tem sua fruta
e a vida tem uma vida que só se renova
num corpo... que escuta o corpo.

Domingo: o modo *nahawand*

É você que ele ama, aproxime-se
como a nuvem, aproxime-se
do estranho na janela, que soluça para mim:
É ela que eu amo. Caia como estrela, caia
sobre o viajante, assim ele seguirá a viagem:
É você que eu amo. Espalhe-se
como a escuridão, espalhe-se
na rosa vermelha do apaixonado, confunda-se
como a tenda, confunda-se no retiro do rei...

Segunda-feira: *muachaha*

Passo por seu nome, eu recluso em mim,
como um damasceno que passa por Alandalus.

Aqui o limão iluminou o sal de meu sangue
por você. Aqui um vento caiu do cavalo.

Passo por seu nome e nenhum exército me sitia,
nenhum país, é como se eu fosse o último guarda,
um poeta errante em seus delírios...

Cortaram a cena...

Testemunho de Bertolt Brecht diante do tribunal militar

(1967)
Vossa Excelência,
eu não sou militar,
o que querem de mim agora?
Não tenho nada a ver com o que diz o tribunal,
o passado passou rápido ao passado
e não ouviu nenhuma palavra minha.
A guerra foi tomar café,
seus aviadores voltaram em segurança
e o céu se quebrou em minha língua, Excelência
— e essa é minha especialidade —, mas seus súditos
arrastam atrás de si meu céu quebrado... e exultam
em ver meu coração, atiram cascas de banana no poço,
passam em frente apressados
e às vezes dizem boa noite,
chegam calmos ao pátio lá de casa
e dormem confiantes na nuvem de meu sono...
Dizem as mesmas palavras que eu diria
à minha janela e ao verão
que conhece o cheiro de jasmim

e repetem os mesmos sonhos
que eu teria. Choram
com meus olhos os salmos da saudade,
cantam como sempre cantei para as oliveiras e as figueiras
e para parte ou a totalidade do sentido oculto.
Vivem minha vida como lhes agrada,
assim como eu a viveria,
levando meu nome com esmero enquanto eu,
Excelência, estou preso aqui
na sala do passado.
A guerra terminou, seus oficiais voltaram em segurança
e as vinhas se espalharam em minha língua —
e essa é minha especialidade, Excelência —,
pois se a cela em mim aperta, a terra em mim se alarga,
mas seus súditos espreitam com raiva minhas palavras,
invocam Acabe e Jezabel:
Levantem-se e herdem o pomar do rico Nabote!
Dizem: Deus é nosso
e a terra de Deus não é de outros,
é nossa!

O que Vossa Excelência espera
de um passageiro entre tantos passageiros
numa terra cujo carrasco espera
que as vítimas o agraciem com medalhas?
Agora é hora de eu gritar, de eu
retirar da voz a máscara das palavras:
Isto é prisão, meu senhor, não tribunal,
sou testemunha e juiz e o senhor é o acusado,
saia pois da cadeira de juiz e vá-se embora: o senhor está livre,
livre, juiz prisioneiro!
Seus aviadores voltaram em segurança
e o céu se quebrou na minha primeira língua
— e essa é minha especialidade — para que nossos mortos
voltem para nós... em segurança!

Discordância, não linguística, com Imru Alqais

Cortaram a cena
e nos deixaram uma brecha para voltarmos a outros incompletos.
Subimos sorridentes à tela do cinema,
como se deve estar numa tela de cinema.
Improvisamos palavras lamuriosas, preparadas
previamente para nós, sublinhando a última chance dos mártires,
e então nos curvamos, demos nossos nomes aos que passavam
pelos dois lados e voltamos ao nosso amanhã
incompletos...

Cortaram a cena,
venceram,
atravessaram inteiro nosso ontem,
perdoaram os erros da vítima depois
que ela se desculpou pelas palavras
que ainda lhe passariam pela cabeça,
e mudaram o sino das horas,
venceram...

Chegamos ao penúltimo capítulo
e então nos voltamos para trás: do tempo saía
uma fumaça branca por cima dos jardins além de nós.
Pavões contornavam, com seus leques de cores,
a mensagem de César aos arrependidos pelas palavras
gastas, tais como:
falar de uma liberdade que não traz pão,
falar de um pão sem o sal da liberdade,
louvar uma pomba que voa para longe da saudade...
A mensagem de César era o champagne
da fumaça branca
que subia da varanda do tempo...

Cortaram a cena
e esperaram,
filmaram o tanto que queriam do nosso céu,
estrela por estrela,
filmaram o tanto que queriam dos nossos dias,
nuvem por nuvem,
e mudaram o sino do tempo,
venceram...

Procuramos nosso papel na fita colorida,
mas não encontramos uma estrela para o Norte
nem uma tenda para o Sul. Não reconhecemos nossa voz
em nada. Nosso sangue não falou nos microfones
naquele dia, quando confiamos numa língua
que pulverizou seu coração ao mudar o caminho.
Ninguém disse a Imru Alqais: O que fez conosco
e consigo, poeta? Siga o caminho de César, vá atrás
de uma fumaça preta que sobe do tempo,
siga o caminho de César,
vá sozinho, sozinho, sozinho,
e nos deixe aqui sua língua!

Sequências de outro tempo

Foi um dia agitado. Atento ao som da água
pega pelo passado que rápido passou
por baixo,
vejo-me
dividido em dois: eu
e meu nome...

Preciso de pouco para sonhar: um pedaço
do céu para meus passeios basta
para eu ver o tempo leve e íntimo
rodear as torres das pombas.

Um pouco de fala divina com as árvores
basta para eu erguer com palavras
um porto seguro para as garças
que o caçador não pôde alvejar...

Quantos nomes eu podia reter na memória?
Quantos verbos errei ao conjugar? Mas...
esta estrela é coisa de minha mão
no mármore.

Foi um dia agitado. Nenhuma pessoa
se desculpava com outra, nenhuma nuvem
das altas árvores chegava à rua, nenhum
sangue luzia nas palavras.

Tudo calmo no encontro dos dois mares:
sem data para os dias a partir deste dia,
sem mortos, sem vivos, sem tréguas,
sem guerras, sem paz.

Enquanto minha vida está em outro lugar... importante não é
falar de um café e da conversa entre duas janelas abandonadas,
falar de um outono que masca
um chiclete na multidão.

Para sonhar não preciso de uma casa grande.
Um pouco de sono de lobo na floresta
basta para eu ver um céu para meus passeios
lá em cima...

Minha vida está em outro lugar. Não é importante
ela ser vista em ceroulas pela filha de Gengis Khan
nem um leitor vê-la entrar no sentido
como uma tinta a entrar na escuridão.

Foi um dia agitado. E o amanhã era um passado vindo
da festa do chá. Um amanhã, isso era o que éramos!
E o imperador era gentil conosco. Éramos um amanhã,
acompanhávamos a celebração das ruínas...

Tudo calmo. Importante não é
falar de ferreiros que não ouviam tango,
ou de mortos que dormiam sem se desculpar antes
com a Mestra História...

Para sonhar não preciso de uma noite como esta.
Um pedaço de céu para meus passeios basta
para eu ver o tempo leve
e íntimo
e então dormir...

Enquanto ele se afasta...

O inimigo que toma chá em nosso barraco
tem um cavalo na fumaça e uma filha
de sobrancelhas fartas, olhos castanhos e um cabelo
longo sobre os ombros como a noite das canções.
A imagem dela dele não se aparta sempre que vem e pede um chá,
ainda que não fale do que ela faz à noite nem
da égua deixada no alto do morro pelas canções...

O inimigo descansa o fuzil na cadeira de meu avô
e come de nosso pão como um convidado
em nosso barraco. Dorme um tempo
na cadeira de bambu, a mão largada sobre o pelo
de nossa gata. Diz sempre:
Não culpem a vítima!
E nós perguntamos: Quem é ela?
Ele diz: Um sangue que a noite não deixa secar...

Os botões de seu jaleco brilham enquanto ele se afasta.
Boa noite! Saúde nosso poço por nós
e a ala das figueiras, ande devagar
na sombra de nossos campos de cevada,

saúde nossos ciprestes nas alturas,
não deixe o portão de nossa casa aberto nas noites
e não se esqueça: o cavalo se assusta com os aviões,
e saúde-nos lá se ainda der tempo...

Essas são as palavras que gostaríamos
de dizer parados à porta... Ele as ouvia muito bem
e as escondia na tosse rápida,
jogando-as para o lado.
Então, por que ele visita a vítima toda noite
e aprende, como nós, nossos provérbios,
entoando os mesmos hinos que entoamos
nos mesmos encontros que temos no lugar sagrado?
Não fosse o revólver, as flautas até se misturavam...

A guerra não há de acabar enquanto a terra
continuar seu giro dentro de nós!
Sejamos bons então. Ele nos pedia
que fôssemos bons aqui e dizia versos do poema
do piloto de Yeats: Não gosto daqueles
que defendo, da mesma forma que não
odeio aqueles que combato...

Depois saía de nosso barraco de madeira
e andava oitenta metros até
nossa casa de pedra, lá, na borda da planície...

Saúde nossa casa, estrangeiro.
Nossas xícaras de café ainda estão do mesmo jeito.
Sente o cheiro de nossos dedos nelas?
Você diz à sua filha de tranças e sobrancelhas fartas
que ela tem um amigo ausente à espera da visita dela, não por nada,
só para ele entrar no espelho dela e ver o próprio segredo?
Você diz a ela como, depois que ele partiu, ela continuou,
no lugar dele, a vida dele?
Saúde-a se ainda der tempo...

Essas são as palavras que gostaríamos
de dizer a ele. Ele as ouvia muito bem
e as escondia na tosse rápida,
jogando-as para o lado. Depois, os botões
de seu jaleco brilhavam enquanto se afastava...

título original
لماذا تركت الحصان وحيداً | *limadha tarakta alhisana wahidan*

editora Laura Di Pietro
assistente editorial Olívia Janot
capa e projeto gráfico Marcelo Pereira | Tecnopop
revisão Gabrielly Alice da Silva

Dados internacionais de catalogação na publicação (CIP)

D228p
Darwich, Mahmud, 1941-2008
Por que você deixou o cavalo sozinho? / Mahmud Darwich ; tradutor: Michel Sleiman.
1. ed. Rio de Janeiro : Tabla, 2025.
128 p. ; 21 cm.

Tradução de: limadha tarakta alhisana wahidan
Tradução do original em árabe.

ISBN 978-85-92632-28-1

1. Poesia árabe. I. Sleiman, Michel. II. Título.

CDD 892.71

Roberta Maria de O. V. da Costa – Bibliotecária CRB-7 5587

A primeira edição em árabe foi publicada em Beirute em 1995.

[2025]

Editora Roça Nova Ltda.
+55 21 997860747
editora@editoratabla.com.br
www.editoratabla.com.br

Este livro foi composto em F37 Bella Stencil e Bau, e impresso
sobre papel Pólen Bold 90 g/m² pela gráfica Leograf em julho de 2025.

FSC
www.fsc.org
MISTO
Papel | Apoiando o manejo florestal responsável
FSC® C075537